青草と光線

暁方ミセイ

七月堂

秋と空虫

もう草木は濡れておらず
晴れた空の光も強くなく
水色の向こう側で明るく遠ざかり
風にいちはやく幾筋の
褪せた透明が流されてきて
視覚するより先にはちみつ色の
秋の素肌がなでさする昼間
密度のある空気と
薄い陽射しのあいだで

うごめく糸虫のようなものがある
わたしの眼球のうえにいるのか
空中に遊んでいるのか
糸虫は黒い透けた輪郭を動かし
無数に描き出す
周密なこの世の空間
関わりあい
良いも悪いも入り込む隙間はない
どれもこれもうごめき
その内側から
ここをきょろきょろ眺めてはまばたきする

青草と光線・目次

青草と光線

壁隣の虹

雲摺師

誰かの大きな背中が
遠く秩父の山のあたりから
透きとおって横たわってくるのがわかる
眠気は宛のない希求からくる
誰もいないところにいけば
林や風の淫情
去年の枯れ葉の甘い香りがとりまき
青空に潰され
頭のなかで鳴り渡る震えが

周密な秋の霊たちだ
充ちて空気をかえ
重たい藍色の雨雲になってみずから去り
とんぼに宿るとんぼの炎
たましいやからだをつくる一切の要素に
秋が隈なく寄せては返す
わたしもしらぬまに
あなたたちのもの
連れ去ってこの日を閉じて
どこか別の場所にしまい
深く埋めてほしい

わたしはしかたなく
人間と恋愛をしていた

季節の表象の一部にとかされ
遅れざきのラベンダー
いわまのきわの蜂の頷き
コスモスの宇宙から反射しまたそれ自体が発している
黒い光
それがまたたくまに色褪せ
くっきり景色に摺られて見えるようになるのが
秋の印だ

油山迷歩

神さまのいない郷に入り
風ばかりの元素の世にこの朝は生まれなおし
畑の風車まわれまわれ
今年のあたたかな十一月の空気のなかを
みのる果実みのらない果実すべてひとしく腐り分解され
沢のなかにもまた生態系
願いの届かない大気圏のした
落ち葉の渦あらゆる秋の新陳代謝の香り
あの雲のふちにかがやく太陽はここへくるまで

俗気にひたってぬくもる
ただひとつの願い
また散らばり
未来から道は外れ

消えてなくなる
郷には誰もいなくなる

どうしてもだめ
与えない　お前には
罰でもなく運命でもなく
ただ与えないと　笑って言う
むやみに普通の明るい朝に
時間の波はひたひたと寄せ
そこに微量に含まれる蠢く不安や眠気
神経に触れては水と熱が発生し

この先で合流する
草木と鳥の声と陽射し
山なみは古く
どの願いもつまらない類似で
鬼たちを飽きさせる

身がわり

なくしたアメーバ様の
ちいさな細胞が雲に擬態している
朝も夕も
眠気は白くたなびいて
まぶしくはなく
時間は
ずっと出ていけないみたい

昨晩歩き続けていた公園の

ライトのまわりにゆがんで集まっていた木の枝や
影の二重の暗さや
薄白い細かな葉から零れる意外な熱っぽい香り
亡霊のわたしが闇のなかで
細く溶けながら呼んでいる
おぉいおぉい
こわいよぉ
あぶないよぉ
どこにもいけないよぉ　と
その声は何年も前とそれから先の
ぞっとするような一貫のなか
妙に周りの音よりも大きく響く
赤く悲壮な割にふしぎに長閑さもある
家族で蛍をみにいった実家の近くの山でも

いつもみみずくやおけらにまじって泣き
昼は鳩の姿で雨に濡れ
嘆きがすなわち嘆きのまま
地から太く生えている
あたたかさを本質にもちながら
おぉいおぉいと
懐かしい畏れに魂をあずけ
大きな空洞に鳴るような大きな声で
ほとんどあどけく怖がっている

時計は黄色い大きな文字盤をかかげ
マンションは向こうの生活のなかに建ち並んでいた
そこにわたしの部屋があり
朝と繋がる脈絡があった

亡霊はまだ木立のなかでかすかに嘆いていて
昼になれば
雨粒の光をすいこんですやすや寝息をたてるだろう

宿願

なんだかくもゆきが
騒がしい車の通りのために
部屋の静けさは影になり丸くなり
電線の向こうには風雨の王国
陽射しにぬくもる妙な気分
王様は風にやどり
ひとこと呼ぶだけで誰のところにだって
そう呼ぶだけで
いろとりどりの秋の花草

冬の遠い雲
さなかに現れるずうっとむかしからの眠るところ

陽は空気を溶かし
それでも日に日に鮮明になっていく
乾いた冷気が
塗りかえる街路樹のおもてに
冬のこころがそれっぽっち住んでいる
こごえた永遠を吸い込み
そのためにからだはよく熱され
鼓膜の裏でながれる
恒温の砂金
ひっそりと　秘密のまんなかを
無意味なすべての足掻きの川底を

焼き固めた雲のなかの太陽
ようやく届いた古代の誰かのねがいごとが
虹色や黒金色にはりわたされて
何千年もあとの世代の草と
わたしの繊毛が
しきりに揺れて聞いている
ねえ　おおむかしのあなた
それらはちゃんと記録されています
叶ったこと叶わなかったこと
まったく等しく飾られて
暗いばらいろの炎としてみえています

月明かり

「生き物はみんな
子孫を残すため懸命に生きる
だから人に与えられた最大の使命は
子どもを産んで、育てることなのね」
とママは言った
美しい伝承の言葉のように
安らかに

そしてほんとは

空には涼しい風。
雨雲立ち込め、枯れた夏草を濡らして。
暮れる間際に七色に照り映え、
月光はみどりいろに澄み渡り。
真夜中に、孤独の真上。
景色より暗い音楽が
思考を沈める星の果てがあって。
葉陰には懐かしい香り。
闇の奥で懐かしい知らない誰かが
わたしを待っていたり
遠くの山で鬼が
わたしの代わりに歩き回ったり。

血縁よりも

わたしに似ているのは
あの山の鬼であり
また街を行くすべてのいまここにいる
あなたたちだと思うのです

あらゆる悪が　辛苦や疼痛が
生物に作用し
必ずなにかの利益になるのは
生きようとする意志によってだ
わたしは
小さくつまらない
非常に悪しく
また絶えず別のものになる

この意味は
この地上にまんべんなく織り込まれ
現在をつくるその価値だけが
月の向こうに青く見えるのです

神経と光線

夜来雲

炎が明るく燃え盛るまえに
過去の後悔が青暗い指でそれをもみ消し
目の前に横たわるおしまいの海底で
静かな残りを舐めながらやりすごす
日々歩いていた長閑な道は
ほんとはごく細い一節の縄で
落ちくぼんだ波の間からそれを見上げると
わたしのまわりには狂気の黄色い花びら
破滅の黒々した裂け目と

恐怖と混乱のまだまだ深い渦巻と
そのほかにあるのは停滞した紫の失望や消沈

ま、でも
空にはまだ雲が流れているし
そこには知性の風が吹き
わたしをわたしの体からさらい
涼しい星で
懐かしい草の匂いを嗅ぐ
夜の湿った逢瀬の潤み
時間が燃えるときに発生する
水のなかで感じる恋が
誰へも宛てない一生の恋が

そのわたしの全てをじっと見ている
全てが影響しあって現れる
光景を覚えているため
雲や風が
その夜にもぽっつりやってくる

花畑

あちらの岸にもまた
相似形の地獄が
いちめんいちめん展開し
救いのないアラベスクがどこまでも展開し
こちらの岸の怒りや悲しみと
相似形の地獄の花畑が
どこまでもどこまでも続いているらしい

そこを逃げ出す呪文はこう

思考で描くなにもかもは存在しない

陽光

浅い春のまぶしい陽射しと
雪解けの雫のたてる蒸気と
凍った椿のほどける濃い色
風に含まれるもうどうなってもいい冬との境の
いまここで血液と酸素を巡らせる感じ
そのすべても存在しないが
感じるのもまた本当だ
流れる水の一瞬をとどめられるのは想像だ
自由は
その地点でいつでも豊かな風を抱いている
永遠にとまり

永遠にうごき
そこに住むことができるなら
わたしにひとつの文字が刻まれる

瑠璃

落ち着くというのは
思考にちゃんと蓋がしてあるということだ
ほんとはあるのに
見えないでいたものが
ある日全部こちらを向いて
存在にはっきり気づくとき
どうしてこれまで生きてこられたのかわからない
穴だらけの空間で
歪んだ道が

紐のように細くうねりながら
どこまでも続いているのが見え
それだけが正気の範囲なのだとわかり
あとはだめ
対処に次ぐ対処で
なにもできない大転落の
混乱と泣き言の惨事が待っていて
しかもとても避けられそうにない
思考に蓋をしないと
まぼろしの地面のうえを歩けない
そこを信じて歩けない

この度
古の草々

釣藤鈎《ちょうとうこう》　蒼朮《そうじゅつ》　甘草　柑橘の皮と半夏
それら懐かしい医院や寝室の
朝の布団の記憶の
甘く苦い粒子を飲みくだすとき
わたしはふたたび幻想を手に入れる
ここは楽しいこの世の時空
虚構ばかりでできた人間社会と
春の陽の温もり、光の粒を送る風、雪の匂いのする明るい水
みっつばかりの考えごとと
それはそうと血の流れる体のなかに閉じこもり
用意されていた眠りにつける
太陽光がびりびり
シアンの残光を走らせ
夢のなかで不安は処理される

暗い日光の影
月光も隣に座し胡粉をふりかける
恐ろしい糸を渡っていたわたしが
対岸で青ざめて震え
こちらを呼ぼうか迷っている

鬼たち

三隈川

ほとりに行けば
感情は水の下
災厄の鬼たちと小舟で待ち合わせ
どんな話でもできる
川音と夕風　雲間の残光
過去世どこかで
肢体の散らばりやすい虫だったことが
どうしてもそうだったことが
小波の上に見えてくる

こういう夏の景色の隅では
不吉と安寧
繰り返すことへの怒りと悲しみと沈む熱
それからみどりの水面の
由来のないうれしさが打ち寄せ
魂から抜け出した白い鳥が
すべるようにこのひろさをはかりにいく

重雲割れて
そのさなかに消える
古代からの悪神
夕焼けの此方に
また小雨を降らし
暴れる竜は水底にいて

いまは眠っている
鐘になった空の上
晴れた青空の隙間で
知覚してなおつかめないものが
清く光り返してくる

蓮池

水は熱くなり葉はまぶたを閉じ
重なり合うそのしたで
静けさは密度を増して鳴る
しゅうしゅう鳴りながら眠っている
目覚めるために今は眠っている

ばさり、と音を立てる
一面の葉のどこかで
その音はおどろきであり

わたしをなんだか焦らせ
死を祝う
蓮の中のひとびとは
歌っている
聞こえはしないが
ずっと歌っている
こんなに異界が急に広がり
てんごくのみどり
わたしが小さくなるので
葉は大きくひろがっていく

そしてわたしに降るもの
返るものは
今が夏のひとときだということだけ

美しい空や
光の筋雲や虫と水を隠す植物
雨の軒下と悪い竜を呼ぶこころ
暗号になり隠れているあなたへの手紙と
山並みはビリジアン　深い灰　藍色の霧
その先には良いうろこ雲
どこかにあるあなたの目覚めたことのない
魂をしまう体

また同時に
いまここに
わたしとともにぬくもり、些細なことばかりを考えている体もある
わたしはそのどちらもたしかに感じるのに

とどめておくことができないので
あなたを捉えるために眠ろうとする
見たらわかるはずだから

代謝

一昨日まで聖堂のなかにいるようだった天気は
やっぱりすぐに崩れてなくなった
五月の半分は
薄いガラスが割れ続けて無音の道と
なにもないのに明るく黄色い向こう側
木の下影に隠されている夏休み
そのほかには
長く降る雨と嘘があばかれた朝と
口元でべったり塞がる

わたしの願い事

自分を龍に見せかける蛇が
深い穴のなか水の湧き出るところ
白い身体を眺めて考えている
こんな日々から生まれるのがかなしみなら上等で
もし苛立ちなら
たぶんこの願いは嘘だ　朝の青ざめた光線
救うためには世界はやってこず
歩いているとき
新鮮にそこにただあるだけ

夏越祓

朱色の門の先に参道が続き
綿布をはためく午後四時　ゆうかぜ
暑さが空気のなかゼリーになって
かすかに震え　動かず
届かない水気をたたえ
六月の神殿は
鏡をおだやかに燃やし
　境内のガラスではいっこずつ
　　われら誰でもない夏の感傷の

おやすみなさいが
ぱっと宿って通り抜けていく

前庭では
夕光が糸飾りみたいに流され織られ
異様に白く　薄く暮れかかり
　金柱
　虫たちの
奥の見えない廊下をすべらかに歩く
紫の長い衣と
土と朝顔の香り
雲の最後の押し消える光線が
まぼろしの奥に隠れていく

太宰府

枯草が茂り
　すすきが茂り
枯草は枯れて細く乾き
　すすきは乾いて柔らかくしなり
筑紫野の野はらに
　香る衣は鮮やかにきらめき
古代は懐かしげに
草の中　散りばめられ
すすきは茂り

銀の炎

髪は長くまっすぐで
陽は茜色に夕野は紫に
声の主は温かな体を持っている
それはもう失われている
風が吹き
音が運ばれ
枯草は秋気の下でよく乾き
踏むと鳴り
　すすき　しめやかに日はかがり
山際で煙が立ち上る
風の匂い
かすかな火の匂い
慕わしく

誰もいない
光は残り
かすかに点々と灯り
梵鐘が響く
野はらが閉じる
今日がゆっくりとお辞儀する

鵺

向こうの空は夕焼けの暗い雲影
したのほうはまだ明るい
暮れる頃の光のなか
ゆったりと真実など知らないまま
からだをさらして流れていく
わたしの願いが
ああしてやすらかにおわりたいと願っている

いつも見ていた

むかしこのようにあった
そしていまもこのようである
わたしの欲求は

飛ぶ鳥や鳴く虫と同じ位置でざわめき
夕暮れの終わりの残光のなかに
またちらりと後ろ姿を手繰る
とうとい命を
ありもしない命を
木星の香り　土星と金星の明かり
その下のフォーマルハウト
ながいこと

今朝見た

あの天満宮には鵺が祀られていた
しめ縄のしたで風のなかに
いろとりどりのプリズムの三角形を生じ
白けた光とうろこ雲
肉体は
暗号になり隠されていたが

灯恋し
寒さが川面を這う
鵺にまた悪がやどり
嬉しそうに屋根の上を飛び去っていく
生きものに戻って
甘い風に身を震わせ
燃える業を成しにいく

祝い鈴

早春賦

ここは本当は無色の見えもしない聞こえもしない世界で
そのなかにぽっつり目を閉じ耳を塞ぎ
立っているだけで
(瞼の裏を見て自分の血液の音を聞いて)
ここは誰ひとり見知らぬところなのだけど
みんな限られた自分の範囲を
泳ぎまわって
結局最後は春の証拠をいちばんに探す
太陽光炎がひっきりなくどこかそのへんで

希望なんかがあるように
香っているので

春にして
凍て椿とぼた雪は靴底で混ざり
誰かの古いこころ
この空気のなかに閉ざされているんだな
細かく反射して光るのに
溶けないんだな
こればかりは
夢がきみどりいろの浅瀬で
潜ってしまうからしかたない
忘れてしまうまで見えていたのに
波もようの読めない手紙

そうだ
シャツの間からさわやかな針葉樹林の香りがする
熱され燃え落ちる雪の針の香りがする
もし呼んでもいいのなら
黒く水を吸った小枝を土の上に結び
こだまにこの声を一度は渡し
風のひとむれのひとつになって
透明にまた冷たく雫のように
灰色の曇り空のしたを歩くあなたの肩に降りかかる
半分は蒸発し半分は滴り落ちる
そういうことを思いながら
まるで何も話さない
心臓から頭のうしろのあたりまで

静けさで燃やされてまっすぐになっている

それからまた貝殻だ
いつでもそうだ
船乗りの夢だ
それからまた森だ

あなたを本当に思うことなどなく
わたしは単純にわたしのなかを
まっすぐ歩いているのだということを
反対側の目で時々たしかめ

夏のあざみだ
野いちごだ

ノームと茶色いねずみだ
　わたしの枕だ

その青白い景色の彼方から
またあなたの姿がごうごう燃える
透明な大きな夜叉のように現れて
時間を遠ざけ
わたしの視力聴力の外側で
カチリと鳴る
わたしの体がそれを聞いている

冬祭の森

毛並みを揃えてやりながら
数日後にはここから遺毛をもらうことになると　考えていると
お前はつまらなさそうに布団に伏せる
硬い茶色の毛と柔らかな白い毛
ふたつの陽気なまるみには
あたたかい重みがぎっちりつまって船のよう

　水色の明るい炎光があがる
松ぼっくりの開いたかさのなか
　杉の硬い花のなか

お祝いの鈴がひとつずつ隠されている
空気のなかの鏡に跳ね返りそれは幻で鳴る
目のなかで鳴る

遠くから犬橇がやってくる　毛玉のようにくる
そのなかにわたしの犬がいる
みんなと楽しそうに舌を垂らし
黒い目を陽光に潤わせ
短い足を蹴りだし走っていく　友達と一緒に
橇の主は白髭のおじいさんで
荷台は空っぽ
犬たちは寒さを嬉しがり　もうもうと湯気を吐き出す
それから焼き菓子と電飾でいっぱいの
凍った森を駆けていく
そっちには

祖父の家がある
昔々、みんなで囲んだクリスマスの食卓がある　あの家へいくのか
それともいつかサンドイッチだけの昼食をした
林のなかのクロスをかけたログテーブルへか
酔いそうなほど濃く香っていた
梅の木の海原へか
鈴を鳴らし
熱で溶かされたしずくは弾ける
子どものような笑い声をあげながら
その声はすぐさま鐘の音になりながら
行ってしまうんだね
絶えず
わたしの思考の一隅に居座り
布団の上に転がって

鳶色の親愛とあまやかな寝息を纏い
たった一頭　人のなかで生きていたけれど

おばあちゃんと遅くまで話していたら
お前はもう一度ゆっくり部屋に入ってきて
自分のクッションに座ったり
暖房の風をよけて奥まで行きまた戻ってきて伏せた
おばあちゃんは靴下に自分の名前を刺繍していた
静かに震えながら
平穏が　夜の時計が
ぽたぽたこぼれていくのを聴いているわたしの耳元で
未来がしきりに囁く
「またあの子を触りたい」と何度も囁く

わたしの犬に

騙されている　春の兆しぎらぎら
ぼた雪は滴り影は黒々輝き
水仙も菜の花も咲き出でる
　きみが不思議にも生まれたこの時空で
わたしの扉は閉ざされ
春風は吹かずばらいろの日は差さず
冷たい無用の部屋のなかに
取り残された眠りが
ひと月ごとに呼ばれて消えるとき

わたしはそれをかなしみながら
　　　お祝いする
温かい肉体を短い間持ったことも
　かなしみながらお祝いする
　　出会えなかった人たち
この世の果てには壁がそびえ
そこまで意識を鮮明に持っていけたなら
叫んでは返ってくる自分の声を
またどうにか解釈しようとして
笑いながら雪道を駆けて行った犬たちが
　　いつか体と同じだけの
やすらかな精神のなかに抱きとめられ
永遠に夢のない眠りにやわらかく
　　潜り込めるといいな

騙されている　最初から最後まで
おもうがままに
春風は別の宇宙を通って吹いてくる
頬は光を感じる
五感のすべては騙されているぞ
繁殖　水の下では玉藻がきらきら
雲から漏れくる天の音楽　松の香り

白椿

あなたの美しさを解き明かさないまま
今生ではさようならです
身にうるわしさを隠したまま
かたく閉ざされ
冷えて揺れるだけ
あなたをわたしが見
わたしがあなたを見
その関係のあいだで生じたものは
流れて流れて

いまごろ春の湊の渦の
永久にとどまる水滴の一瞬です
もうわたしにも
その性質として届かない

随分前に去ったここに
出会ったことだけが堆積してできた
分厚い透明な
不可能の壁がある
そこにもたれているから
いまわたしは
とても寒くて甘い
冬雲が割れ
細く光が垂れ

わたし自身の暗闇でしかない世界で
このまぼろしのなかで
でもやっぱり潮騒や風が
遠くから押し寄せてくる
白椿に似た
居もしないあなた　気配が
ぽったりぽったりと
曇り空から
温み　落ちてくる

青草と地平

帰郷

ここにいるのは
生者だけではない
死者がぎっしり参加している
今日いちにちのこの気分と
風や日照《にっしょう》や雨雲や予感は絡みつき
わたしの世界を決定する印となる
実を結ぶ前に落ちた花の枝や
繁殖する前に死んだ虫たちは
いまごろすばるの草原を吹き抜けている

そんなものはないと知るわたしの脳と
豊かな感受体のあいだで
ほんものらしく
夏の始まりの夜の
香りでよそぐ
月明かり
ぼんやり蒸気をあげて
世界のうらがわで
草の青い影を踏みながら

わたしたちがつくるのは
世界の細密な具体で
善良さではない
あらゆるものが役に立つし

どんなものも
同じくらいにしか価値がない

霧中

霧が道を上から覆って
通りは今朝はそっと声を静める
増長を押さえつける昔からの手は
架空の山でここのあたりを囲む

わたしの範囲には
懐かしさとそのなかに何度もパチパチ燃える
新鮮な目覚めでいっぱい
器官をひたし新しく起こす

みえるものの半分は
隠され　あの手のなかにある
わたしももしやそのうちがわで

霧の野のみち、あざみの刺々、へびいちごの匂いと、
走り回る朝の虫
いもしない鹿の足跡をおってたどりつく
乳色の湖にながれる
黒い読めない文字

木もすべて未解読言語の
姿をとって
いろいろ話しては突然黙る
ほらまだあの雑木林は

自分たちのなかにいるね

秋の印

草むらの光源たちは
ついにくたびれ
折れて曲がって首を差し出す
最後の暑さに頭をゆらしながら
褪せた太陽の余熱でかぎろう
この昼間
季節が移るので
どれもこれも後ろにひっぱられながら
乳色の皮を剥いでいる

最初にあたる風の鮮度に戦きながら
それに馴染みそのものになる肌の
他人みたいな存在感よ
わたしより先にあるもの
闇のなかにたしかに醸造されるもの

夜は晴れ

夕靄

あの暮れかかる空の片がわ
水色を吸い込んで燃えさかり消えた
ひとつだけ光っていた切実な願いごとは
いまみんな向こうの地平線の影
アンテナと四角い屋根と名残の木々の
ざわめくシルエットに伏せて溶け
街の上空を巨大な翼が
閉ざすように覆う

わたしの血液にだんだんと
植物の水や虫の冷たく透明な体液が流れだし
ひらけてくる雨あがりのすやすやした紺碧色
虹色の艶をもつ小石と秋草の
妙に白ばむ茂みの先に
じっと待っている暗がりがある
わたしの魂とつながっている暗がり

むかしから知っている小さな電球が
ぱらぱら燈り
花々を鳴らす祭の音楽が風に聞こえる
畑の支柱は月明かり
その先の空がひろびろと冴えて
明るい藍に空の炎を

強く弱く瞬かせるので
いままでのことがやっと思い出され
瀬音と水草の底から
こころを取り出す

あとがき

本詩集には、二〇一七年くらいから二〇二二年までの間に書いた詩を収めました。最後に収録した「夕靄」だけは最初に書いた日付がわからず、もう少し前のものかもしれません。

詩を書くとき、いつも意識していることがあります。状況や出来事によってさまざまな心身の変化が起き、それを記録するように詩を書くことが多いのですが、その時、できるだけ環境のほうを具体的には書かないということです。状況や出来事を通じて心身に起きた反応のほうに意識を集中させて、既存の表現では捕《つかま》えきれないそれを、どうにかこうにか言葉によって鮮度あるまま保存しようとして書いてきました（もちろん、そんなことできないのですが）。例えば、この五年はわたしにとり、高度生殖医療を用いることになる不妊治療と、流産と、心身症の世界を味わった時期でもありました。そのような思考や身体に支配されて日々を過ごしながら書いた詩には、言葉選びにある程度そのことも反映されていると思います。でも、書きたかったのはそういった事ではないので、読む方に無闇に背景を探らせてしまうのも本末転倒に思い、このあとがきをつけることにしました。引き起こされるわたしというひとつの人体の反応を書いたのが、ここに収めた詩です。煩悶や孤独の抜け出せなさと、同時にそういう自分を絶えず白々しく眺めてしまう不思議なこの現実の軽さは、きっと人間に共通のものだと考え、そういうものを書き得たいと思っています。

　本詩集の詩を書いていた期間、ありとあらゆるものが存在することの価値について考えていました。したがってそれも反映されているかもしれません。だんだん精神の具合が悪くなってくると、まずは四六時中何かの悪い予感にとりつかれ、そのうち積極的に自分は悪しき人間だという証拠を探しはじめます。もっといい人間にならなければ、恥ずかしくない思考と行動をもつ者にならなければ、と思うのですが、一方で、それに激しく反発する自分が、わたしに詩を書かせていました。汚れや、醜さを無視するな、と内なるわたしは、かつてないほど主張していました。品行方正でいることが何だ、結局それは自分の保身のためだけじゃないか、悪を認めろ、鬼を認めろ。それらはすべて存在として善と平等だ。なにもかもはあっていい。それとどういう関係を結ぶかが、問題なのだ。

このようなことを考えながら、今回の詩集はできあがりました。構成を終えたとき、これは「青人草」と言われることもある有象無象の、他と見分けがつかないくらいよく似た、一回きりのわたしが、地上で日光や月光による影響を、つまり生物のさまざまな体内の反応を心身に受けることで書いたものだと思ったので、「青草と光線」というタイトルをつけました。出版にあたり、七月堂の知念明子さんには長い期間幾度となく相談に乗っていただき、深く感謝申し上げます。読んでくださる方にとって、何かちょっとした、新しい体験になればとても嬉しく思います。

——暁方ミセイ

青草と光線
二〇二三年三月二五日　発行

著者　暁方ミセイ
発行者　知念明子
発行所　七月堂
〒一五四－〇〇二一　東京都世田谷区豪徳寺一－二－七
電話　〇三－六八〇四－四七八八
FAX　〇三－六八〇四－四七八七
印刷　タイヨー美術印刷
製本　あいずみ製本

ISBN978-4-87944-521-6 C0092 ¥1500E